AF312800

UN MOT

sur

QUELQUES EAUX MINÉRALES

DE L'ALLEMAGNE

*Lettre à M. le docteur Diday, rédacteur en chef
de la* Gazette médicale de Lyon.

Monsieur et cher Rédacteur,

Puisque les eaux minérales ont pris de notre temps une place si grande dans la thérapeutique, que certains profanes n'hésitent pas à en faire l'*ultima ratio medicorum*, et que chacun, quelle que soit sa position sociale, quel que soit le point de vue auquel il se place, vient faire son petit article sur ce sujet, permettez-moi donc, quoique médecin, de payer aussi mon tribut à cette épidémie, de prendre mon numéro dans la collection, et de vous faire part des idées plus ou moins bizarres qui pourraient me survenir sur leur compte. Car moi aussi je viens de voir des eaux minérales ; et comme circonstance aggravante, elles étaient allemandes. Mais rassurez-vous, ce n'est ni de Baden-Baden, ni de Wiesbaden, ni même de Hombourg que je veux vous entretenir, les stations que je viens de visiter ne forment pas les boulevards extérieurs de Paris et la roulette y est complètement inconnue. C'est peut-être ce qui fait que leurs noms même, parfois un peu baroques il est vrai, sont à peine arrivés jusqu'à nous. Mais la difficulté de prononciation ne doit pas nous arrêter, et, si vous le voulez bien, nous allons nous

embarquer pour le Wurtemberg, où nous œvons faire ensemble une petite excursion.

Depuis que l'on connaît les eaux minérales, depuis que l'on en fait usage et qu'on y envoie ses malades, on compte beaucoup, pour leur venir en aide , sur la distraction que les baigneurs doivent rencontrer en chemin et pendant leur séjour, sur l'absence de préoccupation, et l'attraction presque violente de la pensée par des objets nouveaux et intéressants. Or ce but est bien mieux atteint, si, au lieu d'envoyer un malade prendre les eaux à quelques lieues de chez lui, on le dépayse, on le fait aller au loin dans un endroit où il trouvera des mœurs et des coutumes qui lui paraîtront étranges au premier abord, puis intéressantes ; chez des peuples qui ont des idées autres que celles qu'il a l'habitude de rencontrer chaque jour ; dans des lieux qui lui offriront un aspect et un cachet particuliers. Tout cela deviendra pour lui la source d'une série d'études qui captiveront son intelligence, détourneront sa pensée en la reposant, et contribueront beaucoup à la guérison du corps, tout en concourant activement à la culture de l'esprit, à la rectification du jugement et à l'élévation de l'intelligence.

Le voyage est pour tous une excellente chose. Ceci est une vérité qui n'est pas assez reconnue chez nous. Le Français voyage peu en général, et je crois que c'est même un peu à cause d'une opinion exagérée qu'il a de sa patrie. Pour lui, hors la France point de salut ! et pour beaucoup encore, la France est-elle renfermée tout entière dans sa capitale. Ce sentiment qui est plus fréquent qu'on ne le pense et qui existe chez beaucoup de gens sans même qu'ils en aient conscience, sans qu'ils l'aient analysé, ce sentiment, dis-je, quoique très-patriotique, est mauvais ; en s'y laissant aller on se prive de jouissances bien grandes, et de connaissances nombreuses et facilement acquises.

Qu'on me pardonne ces réflexions un peu longues peut-être, mais elles me sont dictées par le sentiment pénible que j'éprouvais en rencontrant dans des pays superbes des étrangers venus de toutes les nations, excepté de la nôtre, qui faisait complètement défaut. Et cependant les moyens de locomotion sont, de nos jours, tellement nombreux et commodes, qu'il est fâcheux qu'on n'en fasse pas un plus fréquent usage. Mais assez de digressions, revenons à notre Wurtemberg.

Je ne vous dirai pas en détail comment j'y suis arrivé, combien de locomotives m'ont successivement entraîné; ni combien de fois elles ont sifflé. Je ne vous décrirai pas non plus tous les lieux qu'il m'a fallu traverser ; ce récit nous conduirait trop loin ; du reste, la Suisse, qui était mon passage naturel, est tellement connue aujourd'hui que ces détails n'offriraient aucun intérêt. Je me bornerai donc à vous dire que j'ai franchi rapidement cet immense jardin aux aspects et aux accidents les plus variés, limitant mon rôle de touriste à une seule ascension, celle du Niesen sur le bord du lac de Thoun. De là j'arrive au lac de Constance, que je traverse, et laissant l'Helvétie derrière moi, j'aborde en Allemagne, à Friedrichshafen. La voie ferrée me transporte à Ulm que sa cathédrale gothique, ses promenades et ses souvenirs historiques me rendent bien plus intéressant que ses fameuses pipes, puis à Stuttgart, la capitale du royaume, où nous allons faire une halte.

Très-bien située, dans une vallée pittoresque et entourée de vignobles si nombreux qu'ils ont donné naissance à ces deux vers empreints d'une poésie plus que douteuse :

> Si l'on ne cueillait à Stuttgart le raisin ,
> La ville irait se noyer dans le vin,

avec de grandes et larges rues parfaitement propres, la ville offre toutes les ressources d'une capitale allemande. Outre les plus vastes imprimeries d'Allemagne , on y trouve une société affable, un théâtre, des musées et des promenades superbes. Et je ferai remarquer en passant que si nos villes françaises en manquent souvent, il n'en est pas de même en Allemagne où elles sont très-abondantes, et où chaque village a au moins une promenade agréable.

La principale de Stuttgart est située derrière le palais royal et porte le nom de *Anlagen*; on y trouve des bassins magnifiques dans lesquels se jouent de nombreux hôtes emplumés, puis de beaux groupes en marbre de Carrare, sculptés par Hofer, et qui sont en grande partie des copies d'après les meilleurs antiques. Ce beau parc a trois quarts de lieue allemande de longueur, et conduit le promeneur au milieu de pelouses magnifiques, et, par des allées ombreuses qui le protégent contre le soleil le plus ardent, à deux stations minérales qui forment de véritables faubourgs, et qui sont Berg et Cannstad.

Ce dernier régnait autrefois exclusivement, et offrait seul aux étrangers et aux malades ses eaux bienfaisantes que l'on venait chercher de très-loin. Ses sources étaient nombreuses et leur volume tellement considérable qu'eux-mêmes les ruisseaux des rues étaient remplis d'eau minérale. L'affluence des baigneurs était grande et les établissements de bains nombreux. On y trouvait, comme dans toutes les villes d'eaux, un Kursaal assez beau et très-vaste dans lequel se donnaient des concerts et des bals où accouraient, grâce à la proximité de la ville, toute la société de Stuttgart. Mais tout à coup un malheur arriva. Le volume de l'eau diminua beaucoup, celle-ci devint moins riche en principes minéraux, et Berg, autre faubourg situé environ dix minutes avant Cannstad, s'aperçut au contraire qu'il était favorisé au détriment de son voisin. Un établissement fut donc construit en 1856, et depuis ce temps les deux rivaux se font une guerre à mort, qui paraît devoir se terminer en faveur du dernier venu, quoiqu'il n'ait pas encore eu le temps d'arriver au point de confortable et de luxe qu'avait atteint son prédécesseur.

Nous allons maintenant dire quelques mots sur la nature de l'eau minérale et les principes qu'elle contient; ensuite nous parlerons du nouvel établissement que M. le docteur Hedinger a bien voulu nous montrer avec beaucoup d'obligeance, et nous profiterons de cette occasion pour le remercier lui et sa famille, du charmant accueil que nous en avons reçu.

L'eau de Berg est riche en principes salins et en acide carbonique libre; cinq sources sont mises à contribution et diffèrent très-peu entre elles comme composition chimique. Les unes sont destinées à la boisson, les autres alimentent les bains, douches, etc. Faisons en quelques mots leur histoire chimique et indiquons les maladies dans lesquelles leur usage peut être utile.

La source à boire se présente la première. Sa température est de 15° à 17° Réaumur, son volume est considérable ; elle fournit par minute 33 pieds cubes d'eau minérale. Voici ce que l'analyse a permis d'y trouver :

Carbonate d'oxydule de fer....	2,16
Carbonate de chaux..........	103,54
Sulfate de chaux...........	89,61
— de magnésie........	50,67
— de soude..........	11,31
Chlorure de potassium........	12,58
— de sodium..........	164,51
Silice	1,20
Acide carbonique libre.......	191,75

Plus des traces d'autres substances dont nous donnerons la liste tout-à-l'heure pour éviter les répétitions. On voit par ce tableau que cette eau est très-riche en principes minéraux, et qu'on peut attendre de son administration des effets thérapeutiques très-sérieux. Voici maintenant la composition de deux sources, dont l'eau, destinée à l'usage externe, a été analysée par le docteur Fehling :

	SOURCE SUD-OUEST.	SOURCE OUEST.
Carbonate d'oxydule de fer.	2,16	0,28
— de chaux......,	103,54	83,36
Sulfate de chaux.........	89,61	65,81
— de magnésie	50,67	43,50
— de soude.......	11,31	13,58
Chlorure de potassium.....	12,58	7,48
— de sodium	164,51	98,85
Acide silicique...........	1,19	1,00
Total des sels :	435,57	313,83
Acide carbonique libre	191,60	115,31

On y rencontre encore en quantités indéterminées, et à l'état simplement de traces, les corps suivants :

Lithium.	Acide borique.
Ammoniaque.	Acide phosphorique.
Baryte.	Fluor.
Oxyde de manganèse.	Brôme et iode.
Oxyde de cuivre.	Substances organiques.
Acide arsénieux.	

Les autres sources diffèrent très peu de celles-ci, aussi ne donnerons-nous pas leur analyse.

Ces eaux sont administrées à l'extérieur de plusieurs façons différentes, depuis le bain froid et la douche froide, jusqu'au bain de vapeur, et aux douches de toute espèce. Outre les cabinets de bains particuliers, on trouve un immense bassin rempli d'eau minérale où les hommes peuvent se livrer tout à leur aise au plaisir de la natation. Pour les dames, il y a bien un réservoir semblable, mais il est alimenté par le Neckar, et sert à reposer les malades, quand un usage trop prolongé de l'eau minérale les a un peu fatiguées. Parmi les cabinets de bains particuliers il y en a de fort élégants ; celui surtout du prince royal, qui est orné de fleurs, de statues et de tentures, produit un très-bel effet ; d'autres, nommés *cabinets nobles*, sont aussi installés avec beaucoup de goût et de luxe. Ceux qui sont destinés aux *simples mortels*, sont plus simples, mais toujours propres, spacieux et commodes.

Dans une autre partie de l'établissement se trouvent : une machine à vapeur qui est chargée de distribuer dans tous les cabinets l'eau qui a été chauffée en vases clos, pour lui conserver son acide carbonique, et empêcher la décomposition des sels et leur précipitation ; puis les cabinets pour les douches de vapeur générales et locales ; enfin les appareils pour les douches spéciales de toute espèce dont plusieurs maladies nécessitent l'emploi.

L'établissement lui-même est construit au milieu d'un jardin anglais dans lequel on se promène en ingérant l'eau minérale, ou en attendant que son bain soit préparé. S'il pleut, une charmante serre bien vitrée et arrangée avec goût sert de promenoir, et offre en tout temps aux baigneurs une température agréable et un ciel clément.

Dans le même jardin il y a un hôtel garni pour loger les malades, qui se trouvent ainsi à proximité de l'établissement, puis un peu plus loin, au-dessus d'une *restauration*, une grande salle qui sert pour les réunions, les concerts et les bals. On ne rencontre pas à Berg ni à Canstadt autant de luxe qu'aux eaux mondaines et aristocratiques dont je parlais en commençant, mais tout y est confortable, et le prix de chaque chose est aussi en rapport avec cette différence.

On emploie surtout ces eaux pour combattre les maladies nerveuses, les faiblesses générales et même les paralysies, les rhumatismes, les catarrhes pulmonaires, les maladies des organes abdominaux, les maladies de la peau, les scrofules et les maladies des organes sexuels : atonie, pollutions nocturnes, maladies utérines et troubles dans la menstruation : aménorrhée, dysménorrhée, etc..

Nous allons maintenant rapporter quelques chiffres, qui ont été relevés par M. le docteur Hedinger, pour donner une idée du nombre des baigneurs qui viennent chaque année demander à ces eaux bienfaisantes le rétablissement de leur santé délabrée. En 1859 on a administré à Berg :

76708 bains ou douches qui sont ainsi répartis :
58382 bains ou douches d'eau minérale froide ;
17768   —   —   chaude ;
  35 avec addition de limon ferrugineux.
277 bains térébenthinés.
246 bains russes ou de vapeur.

Enfin nous terminerons en disant qu'il y a dans les environs de nombreuses excursions très-agréables à faire, et parmi elles nous signalerons surtout la villa royale de Rosensthein et la villa du prince royal, qui sont toutes deux situées à une très-petite distance de Berg et méritent certainement d'être visitées ; puis le jardin anglais qui se trouve près de la promenade des *Anlayen*, et qui appartient à un cercle particulier, mais les étrangers y sont reçus avec beaucoup d'affabilité. On y jouit d'une jolie vue sur la ville et ses environs, et souvent il y a de la musique et même des bals.

Il y aurait encore plusieurs choses à dire sur ces eaux, plusieurs détails intéressants à donner sur le séjour, pour engager les malades à s'y rendre, mais il faut se rappeler le précepte du poète :

Qui ne sut se borner ne sut jamais écrire.

Contentons-nous donc de cette faible description, le temps presse, d'autres lieux doivent aussi fixer notre attention, *et auræ*

Vela vocant, tumidoque inflatur carbasus austro.

Reprenons donc le chemin de fer et continuons notre pérégrina-
tion à travers les eaux.... minérales.

Parti de Stuttgart, nous jetons seulement un coup d'œil rapide
sur Geisslingen, petite ville pittoresquement située et célèbre par
ses fabriques de jouets d'enfants et d'objets en ivoire sculpté ; puis
nous arrivons à Augsbourg, la ville la plus ancienne de la Bavière ;
elle fut fondée par Auguste, sous le nom d'Augusta Vindelicorum.
De nombreux souvenirs historiques se rattachent à cette cité autrefois si florissante, dans laquelle on vit des souverains épouser sinon
des bergères, tout au moins des bourgeoises, ce qui paraissait aussi
extraordinaire, et les noms de Philippine Welser, la plus belle
femme de son temps, et de Claire de Detten y sont restés populaires
à côté de celui plus fameux encore de l'infortunée Agnès Bernauer,
dont le malheur a inspiré plusieurs poètes germaniques. Mais aujour-
d'hui l'antique splendeur a disparu, et à l'exception de l'une des plus
belles rues d'Allemagne (la Maximilian Strass) et de quelques monuments, le voyageur ne trouve plus que des souvenirs.

D'Augsbourg nous arrivons dans une ville très-intéressante, et
qui avant la découverte de l'Amérique, possédait le commerce le
plus étendu de l'Allemagne : je veux parler de Nuremberg. Ce nom
rappelle immédiatement à l'esprit l'idée de ses poupées et de ses jouets
d'enfants, qui ont acquis une si grande célébrité. Mais on se trom-
perait beaucoup en croyant que ce genre d'industrie est seul à re-
commander la ville à l'attention du voyageur ; Nuremberg est
peut-être comme aspect la ville la plus curieuse que l'on puisse
trouver : elle a conservé intact son caractère du moyen âge ; ses for-

tifications et ses remparts sont encore debout et parfaitement con-
servés ; seulement les fossés qui les entourent sont actuellement
occupés par des jardins et des vergers qui en masquent un peu la
profondeur et les rendent plus agréables à l'œil. Les maisons ont
gardé leur architecture gothique, leurs tourelles et leurs balcons en
saillie qui produisent un effet charmant. On doit du reste rendre
justice à l'édilité de la ville, qui a empêché d'abandonner le vieux
style, ce qui fait que même les quartiers neufs qui y surgissent
comme partout maintenant, paraissent faire partie de la vieille
cité.

Au temps de sa splendeur, Nuremberg fut le séjour favori de plusieurs empereurs ; et si le commerce y florissait, les sciences et les
arts y étaient cultivés aussi et avec succès. Des découvertes et des
inventions importantes s'y firent à cette époque, et plusieurs hommes illustres y prirent naissance. Ce fut là que Peter Hele inventa
les montres, sous le nom d'*OEufs de Nuremberg* ; Lobzinger l'arque-
buse à vent ; Denner la clarinette ; Ebner le laiton ; et le premier
globe terrestre y fut dessiné par Behain , en 1492 : enfin, parmi
les hommes illustres qui y ont vécu, nous citerons Albert Durer,qui
était à la fois peintre, statuaire, graveur, mathématicien et archi-
tecte, et dont le nom est encore entouré d'une grande vénération.
La ville renferme de nombreux monuments qui sont très-intéressants à visiter, et témoignent de son ancienne splendeur. Je
ne parle pas des promenades qui sont charmantes ; mais par ce
que j'en ai dit un peu plus haut, j'ai acquis le droit de les passer
désormais sous silence.

Après Nuremberg, se présente une ville qui a joué aussi un grand
rôle dans l'histoire et pris une large part dans les guerres qui
ont eu l'Allemagne pour théâtre ; elle a eu du reste, à différentes
époques, dix-sept siéges à soutenir, et c'est Ratisbonne, en allemand
Regensburg, ville du Regen, petite rivière qui se jette dans le Danube à ce niveau. On trouve encore dans la ville plusieurs choses

très-curieuses à voir, et qui reportent l'imagination de plusieurs siècles en arrière ; ainsi l'Hôtel-de-Ville, outre la salle où se tenait la Diète, renferme les cachots souterrains si terribles du moyen âge, et la salle de torture encore garnie de tous ses instruments, sur lesquels on peut même retrouver quelques traces de sang ; au coin on aperçoit le banc où s'asseyaient le médecin et le bourreau ; mais le premier seul avait un dossier, le second ne pouvait s'appuyer, car *il était infâme !* Plus loin on voit la tour où Charles-Quint logea et fut séduit par les charmes de son hôtesse Barbe Blomberg , qui depuis passa pour la mère de don Juan d'Autriche, puis plusieurs autres monuments qui, à la curiosité historique, joignent de véritables mérites artistiques. A une heure environ de la ville, sur une petite colline, on trouve le fameux temple du Walhalla, qui fut construit par le roi Louis d'après le modèle du Parthénon d'Athènes, et qui renferme les bustes de tous les grands hommes de l'Allemagne, depuis les époques reculées jusqu'à nos jours.

De Ratisbonne nous allons à Passau, ville frontière et fortifiée où nous ne signalerons que la vue dont on jouit de son pont sur le Danube et qui est ravissante. Du reste ce fleuve devient magnifique à cet endroit, et son parcours jusqu'à Linz offre des beautés très-remarquables. Ses rives sont formées tantôt par des rochers escarpés et très-élevés, qui de temps en temps se rapprochent de façon à ne laisser entre eux qu'un défilé tortueux à travers lequel le fleuve s'élance en mugissant, tantôt par des montagnes verdoyantes qui, plus écartées et taillées en amphithéâtre, contribuent à former un panorama grandiose et majestueux. C'est ainsi que nous arrivons à Linz, ville fortifiée et capitale de la Haute-Autriche, dont la position est très-belle et les environs pittoresques ; mais nous nous y arrêtons peu. De là nous passons à Lambach , près duquel se trouve, sur une petite colline, une église dédiée à la Trinité , et qui est très-curieuse. Ce monument a la forme d'un triangle ; il est surmonté de 3 tours, possède 3 croisées, 3 autels en marbre, de

3 couleurs , 3 orgues et 3 sacristies ; les frais se sont élevés à 333,333 florins, et la petite somme qui était restée sur les fonds, a été répartie entre 333 indigents.

En continuant notre voyage, nous arrivons successivement à plusieurs localités dans lesquelles on administre des eaux minérales ; mais comme celles-ci sont partout les mêmes, nous allons de suite faire en peu de mots leur histoire.

Dans la contrée qui environne Salzbourg, et qui est sillonnée par la frontière des deux états limitrophes, se trouvent plusieurs bancs de sel gemme, qui appartiennent les uns à l'Autriche, les autres à la Bavière. Ce sel a été découvert et exploité depuis les temps les plus reculés, dit-on, si bien qu'à Hallein, où se trouve la saline la plus ancienne, on montre des instruments de mineurs venant des Romains ! Quoi qu'il en soit, plusieurs salines ont été établies et offrent un très-grand intérêt au visiteur. Les deux plus intéressantes sont celle d'Hallein et celle de Berchtesgaden, et celle-ci est la plus propre et la moins fatigante à visiter.

Chaque saline est composée d'une série de galeries immenses taillées dans le roc et le sel, superposées les unes sur les autres et formant autant d'étages dont le nombre est réellement surprenant. A chaque étage se trouve un bassin assez vaste, que l'on remplit d'une eau qui dissout les principes salins, puis quand elle en est saturée, on la fait passer dans d'autres réservoirs où elle subit différentes opérations, qui ont pour but de lui faire abandonner le sel qu'elle contient ; mais nous en reparlerons dans un moment. L'un de ces bassins, qui est disposé surtout pour les voyageurs, n'est pas complètement rempli , et offre l'aspect d'un lac souterrain ; tout autour une rangée de lumières qui se reflètent dans le liquide, permet d'en apprécier la grandeur. Au milieu un jet d'eau l'alimente sans cesse ; et enfin, sur les bords, une barque est toujours prête pour recevoir l'étranger que l'on promène ainsi au milieu de la saumure. Rien ne peut rendre tout le fantastique de cette navigation ;

on a eu le soin de faire prendre à chaque visiteur, avant son entrée dans la saline, un costume complet de mineur, et de le munir d'une lanterne pour diriger ses pas au milieu de ces ténèbres épaisses, et ce changement vient encore ajouter à l'étrangeté de la position. On se croit transporté tout à coup dans le domaine de quelque fée ou de quelque génie. Puis une fois la traversée finie, après lui avoir montré d'autres choses intéressantes, mais qui impressionnent moins l'imagination , on fait monter le voyageur à cheval sur un banc qu'entraîne un chemin de fer n'ayant qu'un plan incliné pour locomoteur, et on lui fait retraverser en *train-express* ces longues et étroites galeries. Cette partie du voyage offre aussi quelque chose de bien curieux : ce genre de locomotion, ces longues galeries ténébreuses, cette suite de voyageurs drôlement accoutrés, munis de leur lanterne , et emportés avec une grande rapidité par une force invisible, tout cela produit un effet bizarre, et fait songer involontairement aux contes d'Hoffmann et à ces récits légendaires du moyen âge, qui, du reste, nous sont venus en grand nombre de la Germanie. Mais au bout de quelques minutes l'illusion fuit, la lumière du jour apparaît dans le lointain ; enfin on y arrive, et chacun se dépouillant de son costume d'emprunt et de ses illusions, rentre dans la vie réelle et la possession de ses habits, ne gardant que le souvenir ! !

Mais avant de quitter les salines, il nous reste à dire ce que devient cette eau que l'on a saturée de principes minéraux. Une partie est soumise sur les lieux mêmes à l'évaporation pour lui faire abandonner le sel qu'elle tient en suspension ; mais la plus grande partie ne subit cette opération que très loin de la saline qui l'a produite, et elle est conduite à plusieurs lieues de cet endroit par des conduits en bois d'une très-grande longueur, dans lesquels l'évaporation commence déjà. Mais cet usage de la saumure ne nous intéresse que bien peu, en tant que médecins, aussi nous tairions-nous sur son compte, si elle n'était employée d'une autre manière qui mérite beaucoup plus de fixer notre attention , c'est-à-dire en bains salés, et c'est à ce point de vue que nous allons l'étudier.

Dans plusieurs localités où se trouvent des salines, on administre sous le nom d'*Eaux-mères* le résidu des opérations faites pour retirer le sel, la saumure privée de son principal élément; mais dans les stations dont nous parlons actuellement on prend l'eau sortant de la saunerie et imprégnée de tous les principes minéraux qu'elle y a puisés ; c'est une eau qui a une grande analogie avec celle de la mer, ainsi qu'on pourra du reste en juger par l'analyse. Voici ce qu'on y retrouve :

Chlorure de sodium	23,361
— de calcium	0,044
— de magnésium	0,154
Bromure de magnésium	0,005
Sulfate de soude	0,560
— de chaux	0,204
— de magnésie	0,059
Carbonate d'oxydule de fer	0,040

Ces eaux ne s'emploient qu'à l'extérieur, anssi a-t-on l'habitude d'y ajouter comme succédanées les eaux minérales de toute espèce qui sont potables et dont l'exportation se fait facilement ; et dans tous les établissements on en trouve un très-grand assortiment que les baigneurs viennent boire le matin dans le *Trinkhalle* (salle à boire) grande salle dans laquelle on peut se promener ; car en Allemagne il est de règle de se promener beaucoup en buvant l'eau minérale, sans cela l'effet ne serait pas produit ! On joint souvent aussi à ce traitement des cures de lait et de petit-lait dont on obtient de très-bons résultats, surtout chez les phthysiques et les catarrheux et dans les convalescences qui languissent. Quant à notre saumure, on l'emploie en bains généraux ou locaux, en injections, douches de toute espèce, bains de vapeur, etc....

Les bains se prennent ou chauds à la température de 30° à 35° R. ou tempérés de 18° à 25° R., ou froids de 12° à 18° R. On commence en général le traitement par les bains tempérés, qu'on prend de 30 à 35 minutes en durée. Il est inutile de dire que suivant les cas on peut rendre l'eau plus ou moins minéralisée.

Le bain salé incite le système nerveux par l'intermédiaire du système cutané, et augmente ainsi la nutrition et les autres fonctions générales de l'économie ; il a aussi une action assez marquée sur le système musculaire. On emploie ce genre de traitement surtout dans les maladies suivantes :

1° La scrophulose et sa cohorte pathologique ;

2° Le rachitisme et la tuberculose du poumon ; cependant dans les cas de cavernes, d'hémoptysies et de fièvre violente on doit les rejeter;

3° Les cas d'émaciation générale, d'aglobulie ; dans les convalescences de fièvre typhoïde, scarlatine, etc. ;

4° Dans beaucoup de maladies des femmes ; flueurs blanches, de la muqueuse utérine et vaginale ; hypertrophie du col, des ovaires ; troubles de la menstruation ; hystérie avec faiblesse et irritabilité nerveuse..... ;

5° Cyanose et convalescence des fièvres intermittentes ;

6° Rhumatisme, goutte et douleurs nerveuses ;

7° Hypochondrie et diverses maladies de la peau;

8° Les bains très-chargés favorisent la résorption de divers exsudats; exsudats puerpéraux, qu'ils soient dans l'utérus, dans l'ovaire ou dans le péritoine ;

9° Plusieurs maladies chirurgicales : diverses ankyloses, suites de luxations et de fractures, arthrites chroniques, etc. ;

10° Ophthalmie scrofuleuse, otite scrofuleuse, etc. ;

11° Comme corroborant après d'autres cures d'eau.

Un mot maintenant sur les charmants endroits où se fait cette cure et pour cela débarquons au premier qui se présente à nous, c'est-à-dire à Gmunden.

Ici nous allons avoir une série de noms un peu baroques, et si au lieu de prose nous faisions de la poésie, nous pourrions aussi en être effrayés.

> Comment en vers heureux assiéger Doësbourg
> Zutphen, Wageninghen, Harderwick, Knotzembourg?

Mais nous avons résolu de ne pas nous laisser arrêter pour si peu : continuons donc bravement ; si le nom est dur, les sites sont charmants, et la fleur est cachée sous l'épine.

Gmunden est une jolie petite ville de 3 à 4,000 habitants, parfaitement bien située sur le bord de son lac. Trois de ses côtés sont formés par un amphithéâtre de montagnes, qui de deux côtés surtout commence par de simples collines pour se terminer sur un plan postérieur, par des cimes plus élevées ; le quatrième est formé par le lac, qui, placé au même niveau que la place principale et débarcadère de l'endroit, paraît en être la continuation et produit un effet assez curieux. On le nomme lac de Gmunden ou plus encore Traunsée (lac de la Traun, rivière qui le traverse et en sort au côté nord-est de la ville). Les collines et les montagnes, mais les premières surtout, deviennent des buts d'excursions très-agréables et offrent à leur sommet des points de vue charmants. Il y en a un surtout, nommée le Calvaire (1), dont l'ascension est très-facile et qui permet d'embrasser le panorama de la ville, d'une grande partie du lac, des montagnes environnantes et de plusieurs vallées très-pittoresques.

---

(1) A cause d'un chemin de la croix sculpté en bois et d'un travail assez curieux qui se trouve sur cette colline. Dans chaque petite ville ou village on en rencontre de semblables, et les habitants ne manquent presque jamais de s'agenouiller dévotement et de faire une petite prière en y passant.

D'autres promenades plus éloignées offrent aussi beaucoup de charmes aux baigneurs amis de la belle nature, et peuvent se faire à pied ou en voiture selon le goût de chacun. Parmi elles, nous signalerons la chute de la Traun, qui quoique n'étant ni aussi majestueuse, ni aussi grandiose que celle du Rhin à Schaffouse, n'en mérite pas moins une visite ; du reste la route qui y conduit de Gmunden est charmante. Tous les soirs, quand le temps est beau, le lac est sillonné de barques remplies de passagers élégants, pendant qu'une musique placée sur une longue esplanade ombreuse, située sur le bord de l'eau, fait entendre au loin des accords mélodieux. On ne peut se figurer le charme qu'on éprouve en assistant à un pareil spectacle.

C'est sur cette esplanade que le docteur Feurstein a fait construire son établissement, dont il a bien voulu nous faire les honneurs avec beaucoup de grâce et d'amabilité, malgré la difficulté que nous avons eue à nous comprendre. Outre les cabinets de bains, douches, etc., cet établissement contient : au rez-de-chaussée une grande salle meublée avec assez de luxe, qui sert le matin de trink-halle, puis pendant la journée et le soir, c'est le salon de lecture, de conversation et de jeu (non de hasard) ; au premier, un salon réservé à la musique et à la conversation, puis des chambres charmantes pour les baigneurs et les voyageurs. Les étages supérieurs sont également destinés à cet usage.

Mais assez sur cette ville dont nous n'avons pu offrir qu'une faible esquisse : le bateau à vapeur va partir, embarquons-nous donc pour Ischl, notre seconde station. La traversée du lac est charmante ; ses eaux d'un vert sombre, entourées tantôt de rochers escarpés, tantôt de montagnes verdoyantes, mais toujours à pic, lui donnent un aspect mélancolique difficile à décrire, et que je n'ai rencontré sur aucun des lacs de la Suisse ni de l'Italie. Aux trois quarts environ, on trouve une montagne qui s'avance au milieu de l'eau, paraît se réunir à celles de la rive opposée et barrer complètement le passage ; c'est un site qui rappelle un peu ceux que l'on rencontre parfois sur les bords du Rhin. Mais nous avons fait un détour et le charmant village de Traunkirchen, auquel une vieille église a donné son nom (église de la Traun), nous apparaît dans tout son beau. Puis nous commençons à apercevoir Ebensée, qui est au bout du lac ; enfin nous y débarquons en regrettant vivement que la traversée soit si courte. De là un omnibus nous conduit par une vallée délicieuse qui cotoie continuellement la Traun, au charmant village d'Ischl.

Placé dans une vallée ravissante, entouré de chaque côté d'une double et triple rangées de montagnes couvertes d'arbres magnifiques, Ischl avait bien peu à faire pour devenir un véritable lieu de délices, et ce peu il l'a fait. Ce parc, formé par la nature et au milieu duquel on a placé le village, rangé encore par la main de l'homme avec un goût parfait, est devenu un jardin anglais charmant. Chaque pas dans une de ces allées ombreuses, dans une de ces promenades ravissantes, vous fait découvrir une beauté nouvelle, un point de vue différent ; et sous ce rapport les collines et les montagnes devaient surtout attirer les voyageurs, mais pour jouir du coup d'œil il fallait arriver au sommet ; c'est ce qui a été prévu. Les obstacles ont été levés, les difficultés applanies ; on ne trouve point de ces sentiers raboteux, parsemés de cailloux et de rochers, les habitants ont compris que les voyageurs faisant leur principale richesse, ils devaient tout faire pour les attirer et leur procurer le plus d'agrément possible ; aussi est-on étonné de rencontrer, même très-loin de la ville, des allées parfaitement tracées, presque toutes sablées et bien ombragées. Des points de vue ont été habilement ménagés, et vous sont indiqués par des reposoirs de toutes sortes : bancs, pavillons élégants, temples rustiques ou autres, etc., qui ne sont là que pour permettre de jouir confortablement du panorama. Les principales de ces places portent des noms de grands personnages, empereurs, impératrices, princes et princesses..... ; et de jolis poteaux vous en indiquent le chemin.

Plusieurs jardins publics , situés dans la ville même , ont aussi des noms particuliers et sont ornés de statues ; ainsi l'un d'eux est nommé Jardin Wirer et contient le buste du docteur Wirer qui a fait beaucoup pour la prospérité d'Ischl. C'est lui qui a établi en quelque sorte la station minérale. Dans un autre, appelé l'Esplanade, et qui longe la Traun, on trouve une Hygiée en bronze, et sur son piédestal deux vers allemands dont voici la traduction : « *On dit que le plus grand bonheur est d'être bien portant, je dis non, un bonheur plus grand est de devenir bien portant.* » La vallée est arrosée par la Traun qui reçoit près de là deux petits ruisseaux ; mais dans certains endroits on dirait que ses cours d'eau se sont multipliés pour ajouter encore à la beauté du payasage.

Il y a à Ischl deux établissements dans lesquels on administre l'eau minérale : ce sont les bains du Casino, qui sont adossés à cet édifice, et en avant desquels se trouve le *Trinkhall*, dont l'entrée porte cette inscription : « *In sole et in sale omnia consistunt.* » Puis les bains de Rudolphe (*Rudolphbad*), situés dans un beau jardin public, qui porte également le même nom. Plusieurs médecins résident dans la ville, mais l'inspecteur des eaux est le docteur Ritten Von Brennen, médecin expérimenté et plein de cordialité.

Comme distractions, on a un théâtre, des réunions, des concerts, des bals et surtout beaucoup de musique, car en Allemagne on en trouve partout à profusion ; puis viennent les excursions au loin qui offrent un immense intérêt, et parmi elles nous signalerons surtout Hallstadt qui avec son lac et ses environs fera un très-grand plaisir aux voyageurs.

Il y aurait encore beaucoup à dire sur cette station délicieuse qui est visitée, à chaque année, par un nombre très-considérable d'étrangers ; mais nous devons nous restreindre, d'autant plus, que la meilleure description ne pourrait en donner qu'une bien faible idée ; aussi nous acheminerons-nous vers Salzbourg, en côtoyant le lac de Saint-Volfrang qui est délicieux et situé au bas du Schafberg dont nous eussions bien désiré faire l'ascension qui est si intéressante, malheureusement une pluie battante nous en a privé.

Salzbourg est située sur la Salzach, dans une position tellement pittoresque , que certains auteurs n'ont pas hésité à la regarder comme une des plus belles villes du monde ; de nombreux monuments rappellent son antique splendeur, et la domination ecclésiastique sous laquelle elle fut si longtemps. Nous saluons, en passant, la demeure et le tombeau de Paracelse, la maison et la statue de Mozart, les monuments funèbres des deux Hayden ; nous visitons les palais des évêques ; puis nous traverserons la porte Sigismond ou Neuthor, beau tunnel taillé dans le roc, orné du buste du fondateur avec cette inscription : « *Te saxa loquuntur,* » pour visiter les environs qui sont très-intéressants surtout à notre point de vue.

C'est près de Salzbourg que nous trouvons Hallein, qui possède cette immense saline dont nous avons parlé; il faudrait, dit-on, une semaine entière pour en pârcourir toutes les galeries ; puis Golling où se trouve une cascade très-remarquable, un peu plus loin les Oefen ou trous creusés dans les rochers par la rivière impétueuse, et à côté un défilé extrêmement pittoresque sur la route de Gastein; on le nomme défilé de Lueg. Enfin, un peu plus à l'ouest, nous arrivons à Berchtesgaden, notre troisième station minérale.

Comme beauté et comme intérêt, Berchtesgaden ne le cède en rien aux deux villes que nous venons de décrire. Outre sa position dans une contrée aussi pittoresque que grandiose, outre sa saline si curieuse dont nous avons déjà parlé, la ville renferme dans ses environs le plus joli petit lac que l'on puisse imaginer, et qui a reçu du reste le nom qu'il méritait, c'est-à-dire Kœnigsée (roi des lacs). Rien ne peut rendre l'impression que l'on ressent en arrivant à son bord et pendant la traversée qu'on en fait ; l'entrée surtout avec ses rives si vertes et cette île si gracieuse, forme certainement un des tableaux les plus ravissants qu'il soit possible de rêver. Dans le fond on voit le Watzmann, qui est le roi des montagnes de la contrée, que sa tête neigeuse dépasse de beaucoup, son ascension permet d'embrasser un panorama magnifique et d'une étendue extraordinaire. Berchtesgaden offre encore dans ses environs un trèsgrand nombre d'excursions extrêmement pittoresques et intéressantes que les baigneurs font chaque jour avec le plus grand plaisir, mais elles cèdent toutes le pas au Kœnigsée que l'on voit et revoit sans cesse sans pouvoir jamais s'en lasser.

Les bains salés sont encore administrés dans plusieurs autres localités, et surtout à Reichenhall et à Rosenheim, qui sont aussi deux villes charmantes, mais nous devons arrêter ici nos descriptions ; nous conseillerons seulement aux personnes qui se décideraient à suivre ce traitement, de ne pas le faire en entier dans la même station, mais bien de passer une semaine environ dans chacune, elles en retireront ainsi autant de profit pour leur santé, et beaucoup plus d'agrément.

La population est au physique forte et vigoureuse, au moral bonne et tellement serviable, qu'un Français peut assez facilement s'aventurer dans ces contrées, même sans en connaître la langue. Certainement il vaudrait mieux en avoir au moins une teinture, mais ce n'est pas une condition indispensable. On parle beaucoup le francais en Allemagne, surtout dans la bonne société et chacun s'empresse de rendre service à un étranger dans l'embarras.

Dans la classe laborieuse on retrouve encore beaucoup de cette simplicité et de cette naïveté primitives qui ont disparu depuis si longtemps chez nous et qui tendent chaque jour à se perdre de plus en plus, seulement une chose impressionne désagréablement le Français né galant, c'est de voir toutes ces femmes et ces jeunes filles marcher les jambes et les pieds nus, bravant ainsi les rigueurs de chaque saison, et se livrant avec ardeur aux travaux les plus pénibles, ceux qui chez nous sont exclusivement réservés aux hommes. Cette vie leur fait perdre de bonne heure la grâce naturelle à leur sexe et leur donne l'aspect de véritables viragos.

Notre retour par Munich n'offrant rien de médical, nous terminerons ici cette étude peut-être un peu longue déjà ; heureux si elle pouvait engager quelques personnes à suivre nos pas et à tenter une de ces cures attrayantes ; elles en rapporteraient certainement une santé meilleure, un esprit plus reposé et, comme nous,... le désir d'y retourner.